VENTE DU MERCREDI 18 DÉCEMBRE 1889

HOTEL DROUOT, SALLE N° 2

Après Décès de Mme de La N***

BEAU

MOBILIER

Style Renaissance

EXPOSITION PUBLIQUE

Le Mardi 17 Décembre 1889

<table>
<tr><td>

Me Paul CHEVALLIER

COMMISSAIRE-PRISEUR

10, rue de la Grange-Batelière, 10

</td><td>

M. Charles MANNHEIM

EXPERT

7, rue Saint-Georges, 7

</td></tr>
</table>

CATALOGUE

D'UN

BEAU MOBILIER

STYLE RENAISSANCE

MEUBLES EN BOIS SCULPTÉ

Tels que : Grands Lits à colonnes, Crédences, Dressoir, Tables
Sièges, Torchères, etc.

Cabinet Louis XIII en marqueterie de bois et d'étain

MEUBLES LOUIS XVI ET DE STYLE

Bonheurs du jour, Lits, Miroirs, Fauteuils, Armoires, etc.

BRONZES D'AMEUBLEMENT, TABLEAUX, PORCELAINES, ETC.

TAPISSERIES ET BRODERIES ANCIENNES

Rideaux en velours — Tapis — Étoffes diverses
Ustensiles de cuisine et Objets de ménage

DONT LA VENTE AURA LIEU

Après décés de Mme de La N***

HOTEL DROUOT, SALLE N° 8

Le Mercredi 18 Décembre 1889

A DEUX HEURES

COMMISSAIRE-PRISEUR	EXPERT
M° PAUL CHEVALLIER	**M. CHARLES MANNHEIM**
10, rue de la Grange-Batelière, 10	7, rue Saint-Georges, 7

EXPOSITION PUBLIQUE

Le Mardi 17 Décembre 1889, de 1 heure à 5 heures

D 0 5 4 1 2

CONDITIONS DE LA VENTE

Elle sera faite au comptant.

Les adjudicataires payeront *cinq pour cent* en sus des enchères.

L'Exposition mettant le public à même de se rendre compte de l'état des objets, il ne sera admis aucune réclamation une fois l'adjudication prononcée.

Paris. — Imprimerie de l'Art. E. MÉNARD et Cie, 41, rue de la Victoire.

DÉSIGNATION DES OBJETS

MEUBLES DE STYLE

1 — Grand lit à colonnes et dais, en bois sculpté d'une riche ornementation à cariatides, mascarons, draperies, feuillages, fruits, etc., dans le style du XVIᵉ siècle. Les montants du chevet supportent des statuettes de guerriers ; au-dessous de la corniche est fixé un bandeau de velours cramoisi brodé d'or et de soies de couleurs datant du XVIᵉ siècle ; sur ce bandeau est posé un chaperon à personnages en broderie de soies et d'or.

2 — Crédence en bois sculpté, dans le style du XVIᵉ siècle, décorée de divinités de la Fable, de guirlandes et d'ornements en bas-reliefs. Les montants tenant lieu de portes ont des colonnettes corinthiennes. Le bas du meuble est une console à colonnettes et à fond plein.

3 — Grand lit en noyer sculpté, à colonnes cannelées et corniche à modillons, dans le style du XVIᵉ siècle. Le panneau de chevet est surmonté d'une niche monumentale accostée de rinceaux symétriques. Le ciel de lit est tendu de velours vert orné d'applications ; la gouttière est en tapisserie au petit point, à figures de jardiniers alternant avec des caisses à fleurs, sur champ noir.

4 — Crédence en chêne sculpté, décorée sur la face de quatre divinités de la Fable en bas-relief, dans le style de Jean Goujon, et de quatre colonnes détachées, supportant un entablement à chimères, consoles et mascarons. Ce meuble repose sur une console à fond plein et à colonnes sur le devant.

5 — Petit dressoir en noyer sculpté, de style Renaissance, ouvrant à deux portes décorées de figures allégoriques aux saisons, placées sous des arcades à colonnes ioniques. Ce meuble, surmonté d'un dais en demi-voûte à caissons portant sur des hermès, repose sur une console à fond plein et à pieds balustres évidés.

6 — Table à allonges, style Henri II, en bois sculpté, portant sur des piliers à mascarons chimériques et draperies posés sur patins et reliés par une arcature.

7 — Grande armoire du xviie siècle, à quatre battants séparés par deux tiroirs, à moulures et bossages.

8 — Beau cabinet Louis XIII et sa table-console, à fond plein et pieds carrés, en marqueterie de bois, d'ivoire et d'étain, d'une riche ornementation à rinceaux feuillagés et fleuris ; cinq tiroirs superposés, de chaque côté, sont séparés par une porte médiane décorée d'un grand vase de fleurs en marqueterie ; cette porte recouvre une chambre à nombreux tiroirs apparents et cachés.

9 — Petit cabinet indien en bois dur, décoré d'incrustations d'ivoire gravé : Figures de musiciennes et danseuses, animaux, oiseaux et gerbes de feuillages. Ce petit meuble carré ouvre à l'aide d'un abattant et repose sur une table de bois dur incrustée de filets en marqueterie de bois.

10 — Petite table à tiroir en bois de noyer, supportée par sept pieds colonnettes disposés en quinconce et reliés par une entretoise. Style Henri II.

11 — Deux torchères en noyer sculpté, formées de colonnes torses enveloppées de lierre.

12 — Bureau à nombreux tiroirs sur huit pieds, en marqueterie de cuivre sur écaille rouge, dans le style de Boulle.

13 — Cabinet italien en bois d'ébène, décoré d'incrustations d'ivoire. Style Renaissance.

14 — Petite table rectangulaire en noyer, supportée par des colonnettes sur patins, reliées par une arcature. Style Henri II.

15 — Autre petite table, de même style, à dessus carré supporté par cinq pieds colonnettes sur traverses en X, surmontées de figures chimériques sculptées en ronde bosse.

16 — Revêtement de cheminée en bois noir.

17 — Pendule forme dite religieuse, cantonnée de colonnes détachées, en marqueterie de cuivre sur écaille rouge.

18 — Coffret en bois sculpté. Style Renaissance.

19 — Coffret Louis XIII en racine, garni d'écoinçons et d'appliques de cuivre estampé.

20 — Grande armoire de chêne, à ornements sculptés et à portes vitrées.

21 — Bois de lit Louis XVI, sculpté à godrons, perles et feuille d'eau, peint en blanc ; les montants sont formés de colonnes cannelées ; les emblèmes de l'Amour couronnent le panneau du chevet.

22 à 24 — Six cariatides en bois sculpté.

25 — Deux petites colonnes à chapiteaux corinthiens, fûts lisses et bases ornées.

26 — Meuble bonheur du jour en bois rose garni de cuivres et de plaquettes en porcelaine tendre, à décor de corbeilles de fleurs et d'oiseaux, avec encadrements en dorure et pourtour émaillé bleu turquoise.

27 — Petite table de forme contournée et de style Louis XV, à dessus et bandeau en marqueterie de bois représentant des bouquets et des rinceaux fleuris.

28-29 — Deux petites glaces du temps de Louis XVI, à encadrements sculptés formés de guirlandes, de draperies et de vases.

30 — Encadrement de glace du temps de Louis XVI, en bois sculpté, à perles, rubans et grecques ; il est surmonté des emblèmes de l'Amour et de guirlandes retombant sur les côtés.

31 — Lit de style Louis XVI en bois sculpté, cantonné de colonnettes cannelées que surmontent des panaches ; il est garni d'étoffe brochée à fleurs.

32 — Petit bonheur du jour de style Louis XV, en bois rose, garni de cuivres et enrichi, sur l'abattant, d'une plaque ovale en porcelaine tendre : corbeille de fleurs, avec entourage bleu turquoise et or.

33 — Armoire à glace en acajou, style Louis XVI, à angles coupés et cannelés ; elle est garnie de moulures et d'appliques en cuivre ciselé.

34 — Petit miroir à encadrement en bois sculpté et doré, composé de feuillages découpés à jour.

35 — Petite table de toilette Louis XVI, en bois d'acajou, garni de cuivres ; le dessus se relève et est garni d'une glace intérieurement ; la face présente deux portes au-dessus d'un tiroir.

36 — Grand miroir avec encadrement de bois noir à moulures guillochées, de style Louis XIII.

37 — Autre miroir, de même style, mais de petite dimension.

38 — Socle-support à trois pieds griffons en bois noirci.

39 — Deux colonnes torses provenant d'un lit.

40 — Bas-relief en bois sculpté, sujet biblique.

41 — Lot de frises sculptées : pilastres, balustres, etc.

SIÈGES

42 — Deux fauteuils de style Renaissance, en bois sculpté, avec accoudoirs terminés par une tête de bélier ; il est couvert de velours vert frappé et épinglé.

43 — Quatre chaises assorties aux fauteuils qui précèdent et couvertes en même velours.

44 — Grand fauteuil de style Renaissance, à pieds balustres et à dossier carré sculpté en bas-relief et représentant le sujet du Mauvais riche ; le siège est couvert d'ancien velours à dessin cramoisi sur fond jaune.

45 — Chaise X à pieds se terminant en griffes, couverte de cuir et cloutée de cuivre.

46 — Bois de chaise longue de forme contournée et à ornements sculptés. Style Louis XV.

47 — Deux fauteuils X en bois sculpté, style Renaissance, à
têtes chimériques à l'extrémité des montants et des accoudoirs ; l'un est garni de peluche grenat, l'autre est
garni en blanc.

48 — Fauteuil de style Louis XIII, à pieds tors, accoudoirs
posant sur des cariatides de femmes ; il est couvert de
peluche verte et de carrés en brocart du XVIIIe siècle.

49 — Deux bois de fauteuil sculptés dans le style du XVIe siècle ; les accoudoirs se terminent en têtes de béliers.

50 — Deux autres avec accoudoirs à têtes de lions.

51 — Fauteuil en bois sculpté et doré, de style Louis XVI, à
feuilles d'acanthe, cordon de sequins et guirlande de laurier ; il est couvert en soie brochée à festons de fleurs.

52 — Deux fauteuils de même style, dossiers à médaillons.

53 — Pouf rond en velours capitonné.

54 — Deux fauteuils, style Henri II, entièrement garnis de
velours violet avec rinceaux et feuillage en broderie.

55 — Grand fauteuil à dossier carré, en bois sculpté, style
Louis XIII, couvert de peluche à bouquets de fleurs
brodés.

56 — Tabouret carré, de forme Louis XV à coquilles et feuillages sculptés, couvert en ancien cuir gaufré, peint et
doré.

57 — Chaise en chêne sculpté, foncée de canne.

BRONZES D'AMEUBLEMENT ET OBJETS DIVERS

58 — Pendule de style Louis XVI, en bronze, à rinceaux, guirlandes, feuillages et attributs, rapportés sur fond d'émail bleu.

59 — Deux flambeaux de même style à base feuillagée, tige formée de cariatides adossées et douille figurant un vase.

60 — Deux vases couverts, en cuivre gravé de la Perse.

61 — Deux cassolettes-trépieds à couvercle formant flambeaux en bronze, de style Louis XVI, sur plinthes de marbre blanc.

62 — Deux chenets de style Renaissance en fer ouvré à tiges tordues, surmontées de boules de cuivre à facettes.

63 — Pelle et pincette de même style à poignées de cuivre tordues.

64 — Deux chenets à boules. Style Louis XVI.

65 — Deux flambeaux à deux lumières chaque, en cuivre repercé, de style Renaissance.

66 — Divers flambeaux.

67 — Deux appliques à deux lumières chaque, en bronze, de style Louis XVI, modèle à vases et guirlandes.

68 — PLAQUÉ. Plateau, légumier, théière, sucrier, casserole.

69 — Petite lanterne d'antichambre et potence en fer forgé.

70 — Statuette en plâtre bronzé : la Baigneuse, d'après Allegrain.

71 — Bas-relief en plâtre bronzé : Saint Jean, d'après Donatello.

72 — Buste de femme, en plâtre peint au naturel et relevé d'or. Style Renaissance.

73 — Bas-relief en bois sculpté : Saint Barthélemy.

74 — Deux grands flambeaux en cuivre gravé de la Perse.

75 — Jardinière bursaire, cuivre gravé de la Perse.

76 — Christ en plâtre stéariné dans un cadre à laurier en bois sculpté et doré.

77-78 — Deux petites pendules de voyage, en cuivre ; monture à cage.

79 — Cinq boîtes de cristal à couvercles d'argent, provenant d'un nécessaire de toilette.

80 — Deux pièces : sabre japonais et couteau catalan.

81 — Deux tasses avec couvercles et soucoupes en émail de Chine.

82 — Lot de petits objets : miniatures, moutardiers et salières Louis XVI, reliquaires, etc.

TABLEAUX

83 — **Greuze** (D'après). Buste de fillette blonde, les mains jointes.

84 — **Dyck** (D'après **Van**). Portrait en pied d'un jeune prince.

85 — **Raphael** (**École de**). La Vierge, l'Enfant Jésus et le petit saint Jean ; cadre en bois sculpté, d'aspect monumental.

86 — **École italienne.** Portrait de femme à mi-corps, revêtue d'une élégante toilette de l'époque Louis XIII.

PORCELAINES ET FAIENCES

87 — Grand plat en vieux Japon, décoré en bleu, rouge et or.

88 — Deux vases en porcelaine moderne du Japon, décorés en bleu et rouge.

89 — Cache-pot à deux anses torses, en ancienne faïence de Nevers, décoré en bleu, à figures et paysages.

90 — Plat en faïence espagnole, à reflets métalliques; cadre noir.

91 — Plat à décor polychrome, en faïence italienne moderne; cadre noir.

92 — Deux porte-bouquets en faïence moderne : enfants soutenant des cornets.

93 — Jardinière en faïence moderne, fond vert marbré.

94 — Lot de plats et d'assiettes en faïence hollandaise, à décor bleu.

95 — Deux bouteilles gargoulettes en vieux Chine, décorées en bleu.

96 — Lot de bols et compotiers en porcelaine moderne du Japon, décorée en bleu, rouge et or.

97 — Petite coupe en porcelaine décorée, sur pied, à cariatide en bronze.

98 — Grande coupe ovale, en porcelaine décorée, fond turquoise et médaillons à sujets pastoraux, avec monture en bronze, à anses têtes de satyres.

99 — Bas-relief : tête de femme en faïence moderne, dans un cadre évidé et doré.

100 — Gourde en faïence moderne, à décor polychrome sur fond blanc, dans le style des faïences d'Urbino.

101 — Deux pièces : canette en faïence et huire en grès émaillé, de fabrication moderne.

102 — Fontaine en porcelaine décorée dans le goût japonais.

103 — Lot : pot à eau vieux Japon, tasses en vieux Saxe, sucrier, etc., etc.

TAPISSERIES, BRODERIES, ÉTOFFES

104 — Quatre panneaux en tapisserie du XVIᵉ siècle, scènes de la Fable, Vénus et Adonis, avec fonds de verdure.

105 — Portière en tapisserie du XVIIᵉ siècle, représentant un sujet biblique à trois personnages, avec bordure à rinceaux.

106 — Deux lambrequins en tapisserie au petit point, pareille à la gouttière du lit, n° 3.

107 — Portière d'ancienne tapisserie, verdure avec bordure à fleurs ; elle est doublée et entourée de velours brun.

108-109 — Deux portières de peluche mordorée, garnies chacune d'une bande de tapisserie Renaissance de deux montants et d'un lambrequin en même tapisserie, à motifs de fruits, de fleurs, de paysages, etc.

110 — Deux lambrequins en tapisserie Renaissance, à petites figures et paysages.

111 — Feuille d'écran en tapisserie au petit point, du XVIIe siècle, représentant Flore et Zéphyre dans un cartouche encadré de rinceaux et de feuillages.

112 — Dossier de siège en tapisserie au petit point, à médaillons : Orphée charmant les animaux, sur fond noir.

113 — Petit dessus de table en satin gris, décoré de broderies de soie et de fils d'argent, cartouches armoriés et rinceaux fleuris.

114 — Panneau de plafond en velours brun, avec écusson rapporté au centre, exécuté en broderie de perles et de fils métalliques.

115 — Quatre rideaux de peluche bleue, avec bandes en velours frappé, de même couleur.

116 — Devant d'autel de l'époque Louis XIII à décor de rinceaux, de fleurs et d'oiseaux brodés en relief, en soie multicolore sur fond blanc.

117 — Quatre rideaux, peluche et velours frappé.

118 — Lambrequin de velours avec applications et broderies.

119 — Couvre-lit d'ancien brocart.

120 — Trois coussins d'ancien lampas, fond vieil or, avec rehauts d'argent.

121 — Bande Renaissance de velours grenat à rinceaux brodés en fils dorés, et cartouche à figures en soies de couleur.

122 — Couvre-lit de lampas Louis XV, à dessin broché en couleurs snr fond rose ; Il est bordé d'un galon d'argent.

123 — Lot de broderies sur toile de l'époque Louis XIII.

124 — Lot d'ornements en broderie de soie, préparés pour être appliqués.

125 — Plusieurs lots, velours, peluches, coupons de soieries, galons, franges, etc.